भगवान महावीर

की दृष्टि में

भगवान राम

नई जानकरी जो आश्चर्यजनक है

श्रीमती साधना जैन (एम.ए)

धर्मपत्नी - नरेश जैन

डायमंड बुक्स

www.diamondbook.in

प्रकाशक: **डायमंड पॉकेट बुक्स (प्रा.) लि.**

X-30 ओखला इंडस्ट्रियल एरिया, फेज-II

नई दिल्ली- 110020

फोन : 011-40712200

ई-मेल : sales@dpb.in

वेबसाइट : www.diamondbook.in

Bhagwan Mahavir Ki Drishti Mein Bhagwan Ram

By - Sadhna Jain

प्रेरणा स्रोत

स्वामी चन्द्र मोली

राष्ट्रीय अध्यक्ष

ओशो संपूर्ण क्रांति

सन्देश

यह किताब मूलरूप से सम्राट श्रेणिक और भगवान महावीर के मध्य एक प्रश्न-उत्तर का हिस्सा हैं जो लगभग 1000 पन्नों का भंडार हैं, जिसको लिखने वाले यदुवंशी आचार्य हरिषेण हैं लगभग 1300 वर्ष पहले उसको साधना जैन जी के अमूल्य परिश्रम से बहुत संक्षेप में कर दिया गया है।

मुस्लिम काल में राम का चरित्र दूषित कर दिया गया, जैसे हनुमानजी को बन्दर बताना, महान विद्वान रावण को राक्षस बताना।

विकसित मुनि

शिष्य, आचार्य शिवमुनि

भगवान महावीर की दृष्टि में भगवान राम

एक बार मगध देश के राजगृह नगर में भगवान महावीर का समवशरण पधारा। मगध देश में राजा श्रेणिक का राज्य था। राजा श्रेणिक अपनी जैन धर्म की मान्यताओं का पालन करते हुए रानी चेलना के साथ सुखपूर्वक जीवन व्यतीत कर रहे थे। राज्य के चारों तरफ न्याय और नीति का शासन था। चौबीसवें तीर्थंकर भगवान महावीर स्वामी के आगमन से धर्म प्रेमी प्रजा में और अधिक उल्लास छा गया।

राजा श्रेणिक भी समवशरण में जाने की तैयारी करने लगे। सहसा उनके मन में आया कि मैंने गौतम गणधर से अनेकों तीर्थंकरों और दिव्य पुरुषों के जीवन के बारे में सुना है लेकिन श्रीराम चन्द्रजी और उनके जीवन से जुड़े अन्य लोगों के बारे में जो सुना है वह कुछ उचित प्रतीत नहीं होता, सो आज समवशरण में जाकर भगवान महावीर स्वामी से रामचन्द्र जी का जीवन वृतान्त जानूँगा।

मुनियों के स्वामी गणधर देव ने राजा श्रेणिक की इच्छा जानकर श्री राम का चरित्र सुनाना आरंभ किया। सर्वप्रथम उन्होंने राजा को काल चक्र, चारों वर्णों की उत्पत्ति, कुलकर नाभिराज और श्री ऋषभ देव एवं भरत का वर्णन सुनाया।

गौतम स्वामी ने वंश उत्पत्ति के बारे में बताया-

संसार में चार महावंश हैं- इक्ष्वाकु अथवा सूर्यवंश, सोमवंश, विद्याधर वंश और हरिवंश।

इक्ष्वाकु वंश में श्री रामचन्द्र जी का जन्म हुआ। सोमवंश की उत्पत्ति ऋषभ देव की दूसरी रानी से बाहुबली और इनके पुत्र सोमयश आदि से हुई। विद्याधरों के वंश में रत्नमाली, रत्नरथ विद्युदृष्ट आदि अनेक महान राजा हुए।

एक बार मेघवाहन विद्याधर जो कि मनुष्य ही होते हैं परन्तु ये अनेक अद्भुत विद्यायों के धारी होते थे। भगवान अजित नाथ के समवशरण में आया। वहाँ पर राक्षसों के इन्द्र भीम और सुभीम भी थे। उन्होंने मेघवाहन को अपने शत्रु से डरा हुआ जानकर कृपाकर अपनी विद्याओं

सहित लंका जो कि राक्षसद्वीप के नाम से भी जानी जाती थी, भेंट में दे दी। मेघवाहन के वंश में अनेक राजा हुए। वे सब न्यायवंत, प्रजा-पालक और अन्त में विरक्त होकर मुनि बन मोक्ष में गए। इसी वंश में राजा महा-रक्ष और रानी मनोवेगा के पुत्र का नाम राक्षस रखा गया। उनके नाम से ही विद्याधरों का वंश राक्षस वंश कहलाया। इसी वंश में सुग्रीव, सुमुख और श्रीग्रीव आदि हुए।

राक्षस वंश में करोड़ों राजा हुए। बड़े विद्याघर, महाबलवान, कान्तिवान, पराक्रमी व परस्त्री त्यागी लंका के स्वामी हुए।

गौतम स्वामी ने राजा श्रेणिक को विद्याधर वंश और राक्षस वंश की उत्पत्ति के बाद वानर वंश की उत्पत्ति का वर्णन किया।

विद्याधरों के वंश में श्री कंठ नाम का राजा हुआ उसने अपनी बहन का विवाह पुष्पोतर के बेटे पद्मोतर से न करके लंका के राजा किर्तिधवल से कर दिया। पुष्पोतर इस बात से बहुत नाराज हुआ। एक दिन श्री कण्ठ चैताल्यों के दर्शन के लिए सुमेरू पर्वत पर गया। रास्ते में पुष्पोतर की बेटी पद्माभा से मिला। दोनों में प्रेम हो गया। श्री कंठ उसे लेकर चला गया। पुष्पोतर को पता लगा तो वह श्री कंठ को मारने निकला। श्री कंठ डरकर अपने बहनोई कीर्तिधवल के पास आया। कीर्तिधवल ने दोनों में सुलह करवाई और अपने साले श्री कंठ को वानर द्वीप दे दिया। वह द्वीप बहुत ही सुन्दर और समृद्ध था।

उस नन्दन वन में राजा श्री कंठ ने अनेक वानरों को मनुष्य जैसी क्रियाएं करते देखा। राजा आश्चर्य चकित होकर बंदरों को अपने साथ किहकुन्द पर्वत पर लेकर चढ़े। वहाँ उन्होंने किष्किन्धा नगर बसाया। बन्दरों को विशेष सम्मान दिया जाता था। भगवान श्री वासुदेव पूज्य के समय में राजा अमरप्रभ हुए। उन्होंने अपने मुकुट ध्वज और छत्र आदि पर बन्दरों के चिन्ह बनवाए और इस प्रकार वानर वंशी कहलाए। लंका के स्वामी राक्षसवंशी विद्याधर सुकेश और वानरवंशी विद्याधर अंधक और किहकंध में परम मित्रता थी। राजा सुकेश और रानी इन्द्राणी के तीन पुत्र माली, सुमाली और माल्यवान हुए। एक भयंकर युद्ध में राजा अशनिवेश के पौत्र इन्द्र ने माली का वध कर दिया। रथनुपुर का राजा इन्द्र अपने आप को सचमुच का इन्द्र मानता था। इन्द्र नगरी की तरह उसने अपने लोकपाल नियुक्त किये। असुर नगर के विद्याधर असुर देव गंधर्व नगर के गंधर्व और किन्नर नगर के किन्नर और यक्षकिर्ती नगर के विद्याधर यक्ष कहलाए।

6- भगवान महावीर की दृष्टि में भगवान राम

इधर पाताल लंका में राजा सुमाली के रत्नश्रवा नाम का पुत्र हुआ। पूर्व जन्म से ही धर्म को साथ लेकर आया। उदार चित्त, दातार, जगत का प्यारा सर्व गुण सम्पन्न, धर्म का पालन करने वाला। युवा होने पर उनका विवाह कौतुक मंगल के राजा व्योम बिंदु की बेटी कैकसी से हुआ। इनके यहाँ रावण, कुम्भकरण चन्द्रनखा और विभीषण ने जन्म लिया।

ज्योतिषियों के अनुसार उनके बालक जिन धर्म के अनुयायी तो होंगे परन्तु बड़ा पुत्र रावण का कुछ क्रूर परिणाम भी होगा।

रावण अपनी बाल अवस्था से कुमार अवस्था में आए तो उन्हें पता चला कि लंका जो उनके दादा-परदादा का राज्य था रथनुपुर के राजा इन्द्र ने कब्जा रखी है और उसका रजा विश्रवण को बनाया हुआ है। विश्रवण उसी का बेटा है और विश्रवण रावण का मौसा है। तीनो भाइयों ने अनुभव किया कि उनके माता पिता लंका को खोने से बहुत दुखी हैं। कुछ विचार कर तीनों भाई अपनी विद्याओं की साधना लिये भीमवन में चले गए। विद्याओं की साधना में उनको अनेक उपसर्ग आए। कुम्भकरण और विभीषण तो कुछ विचलित हुए परन्तु रावण पर उन उपसर्गों का कोई असर नहीं हुआ। रावण को अनेक सहस्र विद्याएँ सिद्ध हुईं। विद्या प्राप्ति के बाद रावण ने अपने दादा सुमाली उनके छोटे भाई माल्यवान और वानर वंशीं रक्षरज और सूर्यरज को प्रणाम किया। दादा सुमाली ने बताया कि कैलाश पर्वत पर एक अवधि ज्ञानी मुनि ने बताया था कि तुम्हारे बेटे का बेटा तुम्हें लंका में प्रवेश दिलाएगा दसों दिशाओं में उसकी कीर्ति होगी।

अथानंतर दक्षिण श्रेणी के राजा मय और रानी हेमवती की पुत्री मंदोदरी से रावण का विवाह हुआ। जैसे रावण के बड़े योद्धा राक्षस कहलाते हैं, इन्द्रकुल के विद्या धर देव, इसी तरह राजा मय के वंश के योद्धा दैत्य कहलाते हैं। रावण ने छः हजार अन्य कन्याओं से गंधर्व विवाह किया।

कुम्भकरण का विवाह राजा मन्दोदर और रानी स्वरूपा की बेटी तडितमाला से हुआ। गौतम स्वामी राजा श्रेणिक को बताते हैं कि अन्य मत वाले लोग कुम्भकरण को मांसाहारी बताते हैं, छः महीने निद्रा लेते हैं। परंतु इनका आहार अति पवित्र था निद्रा भी बहुत कम थी। सदैव धर्म और सदा चरण में लीन रहते थे। मुनियों, आर्यिकाओं और भूखों को आहार देने के बाद ही भोजन करते थे। विभीषण का विवाह ज्योति प्रभ नगर के राजा विशुद्ध कमल और रानी नंदनबाला की पुत्री राजीव सरसी से हुआ।

7- भगवान महावीर की दृष्टि में भगवान राम

रावण और मंदोदरी के दो पुत्र इंद्रजीत और मेघनाथ हुए। दोनों ही सुंदर आचरण के धारी वीर पुरुष थे।

रावण, कुंभकरण, विभीषण और कपि वंश के विद्याधरों ने वैश्रवण वंश के विद्याधर को युद्ध में हराकर अपनी लंका वापस ले ली। वैश्रवण को युद्ध की हार से वैराग्य हुआ और वे मुनि हो गए।

रावण ने युद्ध में वैश्रवण के पुष्पक विमान के सिवाय किसी का कुछ भी नहीं लिया। इसके बाद रावण ने वानर वंशी सूर्यरज को किहकंधपुर और रक्षरज को किहकुंपुर राज्य वापस दिलवाए। रथ-नुपुर के राजा इंद्र ने इन्हें जीतकर अपने ससुर यम को दे दिया। सभी राक्षस वंशियों और वानर-वंशियों ने रावण की जय जय कार की| किहकंधपुर के राजा सूर्यरज और रानी चन्द्रमालिनी से बाली और सुग्रीव हुए। दोनों भाई वीर नीतिवान और विनयवान हैं। छोटे भाई रक्षरज से नल और नील दो पुत्र हुए। उनकी बहन श्रीप्रभा है जिसका विवाह सुग्रीव ने रावण से कर दिया। राजा बाली की प्रतिज्ञा थी कि वे सिवाय जिनदेव, अपने शस्त्र और गुरु के किसी और को प्रणाम नहीं करेंगे। परंतु रावण ने अपने उपकारों की याद दिला कर उसे नमन करने को कहा। राजा बाली ने दिगंबरी दीक्षा धारण कर ली ताकि उनकी प्रतिज्ञा भी न टूटे और व्यर्थ में रावण से युद्ध कर हिंसा से भी बचें।

कुछ समय बाद रावण कैलाश पर्वत के ऊपर से जा रहा था। पुष्पक विमान में बैठा था। अचानक विमान रुक गया। रावण को बताया गया कि बाली मुनि यहाँ पर कायोत्सर्ग ध्यान कर रहे हैं। अतः किसी दूसरे रास्ते से जाना श्रेष्ठ होगा, रावण ने क्रोधित होकर कैलाश पर्वत के नीचे घुस कर उसे उठा दिया। बाली मुनि ने सोचा ऐसे तो कैलाश पर्वत के सारे जीव और जिन चैत्यालय नष्ट हो जाएंगे सो उन्होंने हल्के से अपने पैर का अंगूठा दबाया और रावण वेदना से दबकर रोने लगा। तभी दशानन का नाम रावण पड़ा। रावण ने जिन मुनि की शक्ति को पहचाना। अपनी भूल मानकर जिन मंदिरों में पूजा अर्चना की और पाताल से धरणेन्द्र ने आकर उनको अमोघ विजया नाम की शक्ति दी। इधर राजा मेघप्रभ का पुत्र खरदूषण रावण की बहन शूर्पणखा पर मोहित हुआ। एक दिन लंका को रावण रहित देखकर शूर्पणखा को हर कर ले गया। ज्ञात होने पर रावण क्रोधित हुआ परंतु रानी मंदोदरी के समझाने पर शांत हो गया और खरदूषण को अपना बहनोई स्वीकार कर लिया। तत्पश्चात श्री गौतम गणधर ने राजा श्रेणिक को सुग्रीव और सुतारा का वर्णन किया। ज्योतिषपुर के राजा की कन्या सुतारा पर साहसगति

विद्याधर और सुग्रीव दोनों ही आसक्त थे। सो पिता बहुत दुविधा में थे कि पुत्री किसको दें। राजा ने महाज्ञानी मुनि से पूछा तो उन्होंने सुग्रीव को दीर्घायु और साहसगति को अल्पायु बताया। राजा ने अपनी पुत्री सुतारा का विवाह सुग्रीव से करवाया। इधर रावण दिग्विजय के लिए निकले। अनेक राजाओं विद्याधरों को अपने बल, पराक्रम और धर्म शीलता से अपने वश में किया। माहिष्मति नगरी के राजा सहस्त्ररश्मि के मोक्ष का कारण बने। अयोध्या का राजा अरण्य सहस्त्ररश्मि का मित्र था। जैसे ही राजा अरण्य को सहस्त्ररश्मि के मुनि बनने का समाचार मिला उसने भी दीक्षा ले ली। इस प्रकार रावण अनेक आत्माओं की मुक्ति का कारण बने। गौतम गणधर ने राजा श्रेणिक को यज्ञ उत्पत्ति समझाई। अयोध्या के राजा ययाति के पुत्र वसु ने अपनी गुरु माता को गुरु दक्षिणा देने का वचन निभाने के लिए गलत अर्थ का साथ दिया। श्रेणिक के व्रतों में दान और पूजा अथवा यज्ञ को महत्व दिया गया है। "अजैर्यष्टव्यम" अर्थात जो अंकुरित न हो। ऐसा शालीधान विवाह आदि क्रियाओं में होम किया जाता था। लेकिन गुरु माता के पुत्र पर्वत ने इसका अर्थ बताया- अज बकरे को कहते हैं। बकरे को हवन में डाल देने का नाम यज्ञ है। राजा वसु को सत्य का पता था लेकिन गुरु माता के कहने पर पर्वत को सही ठहराया। परिणाम स्वरूप उसी समय सिंहासन टूटा और राजा नर्क गति में गए। रावण की दिग्विजय के चलते राजा मारूत इसी तरह के यज्ञ में लीन थे अनेक निरीह पशुओं को बलि के लिए बाड़े में बांधा गया था। रावण ने मारूत को युद्ध में हराकर इन सब पशुओं को छुड़ाया। मारूत ने जीव घात ना करने का वचन देकर अपनी पुत्री का विवाह रावण से करवाया। तथानंतर रावण ने मथुरा के राजा हरि वाहन के पुत्र मधुकुमार से अपनी पुत्री का विवाह करवाया। वहां से वीर योद्धा मधु कुमार को लेकर रथनुपुर के राजा इंद्र जिसने रावण के दादा सुमाली के भाई माली को मारा था और उनकी पुश्तैनी नगरी लंका पर राज्य कर रहा था, के साथ युद्ध करने चले। रावण युद्ध के दौरान भी अपने जिन धर्म का पालन करते थे। पर स्त्री चाहे कितनी भी सुंदर हो उससे दूर रहते थे। आज्ञा मानने वालों का सम्मान करते थे और अवज्ञा करने वालों से युद्ध करते थे।

नल कुंवर नगर में आकर रावण और इंद्र में महा भयंकर युद्ध हुआ। इस युद्ध में माल्यवान के बेटे श्रीमाली ने वीरगति प्राप्त की पर रावण के सामने इंद्र टिका न सका। हार के खेद से खिन्न होकर मुनि दीक्षा अंगीकार की रावण ने दिग्विजय होकर लंका में प्रवेश किया। समय आने पर अनन्तवीर्य केवली से धर्मोपदेश सुना।

9- भगवान महावीर की दृष्टि में भगवान राम

इसके बाद इंद्र भूति गौतम गणधर ने राजा श्रेणिक को अंजना और पवनंजय के विवाह का वर्णन किया। और कैसे सखी द्वारा कहे वचनों को अंजना के शब्द मानकर अंजना को दोषी ठहराया। विवाह करके उसे बिना देखे तड़पने के लिए छोड़ दिया। रावण की तरफ से वरुण के विरुद्ध युद्ध में बुलाया जाना और रास्ते में चकवी को अपने चकवे के लिए विकल देखना फिर रात में आकर रानी अंजना से संयोग करना और तदन्तर अंजना को गर्भ ठहरना, सासु मां का क्रोध करके पतिता बताकर घर से निकालना। पिता का भी लोग निंदा के भय से सहारा नहीं देना, भयानक जंगलों में ही अपनी सखी बसंत माला के साथ अपने गर्भ के दिन पूरे करना और एक सुंदर वीर बालक को जन्म देना। उसी समय अंजना के मामा राजा प्रति सूर्य जो हनरूहद्विप के स्वामी थे, वहां उनका आना, अंजना को विमान से अपने साथ ले जाना, रास्ते में बालक का उछलकर पर्वत पर गिरना और पर्वत के खंड-खंड हो जाना और इसीलिए बालक का नाम श्रीशैल रखना और हनरूहद्विप मैं उसका जन्मोत्सव मनाए जाने के कारण उनका नाम हनुमान रखना आदि सभी घटनाओं का वर्णन गौतम स्वामी ने राजा श्रेणिक को किया।

हनुमान बहुत सालों तक हनरूहद्विप में ही रहे। अंजना और पवनंजय भी वहीं सुख से जीवन व्यतीत कर रहे थे कि अचानक फिर राजा वरुण, रावण से बागी हो गया। रावण ने राजा प्रति सूर्य और पवनंजय को बुलाया परंतु हनुमान ने युद्ध के लिए स्वयं जाने की जिद की, जिसे उन दोनों को मानना पड़ा। युद्ध में हनुमान जी की शूरवीरता के आगे दुश्मन ठहर न सका। रावण ने प्रसन्न होकर अपनी भांजी अनंग-कुसुमा (जो कि शूर्पणखा और खर दूषण की पुत्री थी) से विवाह कराया। हनुमान के रूप और शौर्य से प्रभावित होकर नल ने अपनी पुत्री दरमालिनी और सुग्रीव ने अपनी पुत्री पदम् रागा का विवाह हनुमान से करवाया। इस तरह उनकी हजारों रानियाँ थीं। तथानंतर गौतम स्वामी ने जनक की उत्पत्ति के बारे में बताया। राजा जनक मुनी सुव्रत के वंश से हैं। इनका वंश हरिवंश के नाम से प्रसिद्ध हुआ। उसी वंश में वासवकेतु मिथिला नगरी का स्वामी और पटरानी विपुला से जनक का जन्म हुआ।

इधर अयोध्या नगरी में इक्ष्वाकु वंश के राजा अनरण्य के दो पुत्र हुए। दशरथ और अनंत रथ। कुछ समय बीतने पर राजा अनरण्य और अनन्त रथ जिन धर्म में दीक्षित हुए और अनन्तरथ अनन्तवीर्य केवली के नाम से प्रसिद्ध हुए। राजा दशरथ का विवाह कौशल्या, सुमित्रा, और सुप्रभात से हुआ। कैकयी से राजा दशरथ का विवाह कुछ अचरज भरा है।

कौतुक मंगल देश की राजकुमारी सर्वगुण संपन्न थी। युद्ध कला, वैद्य कला, संगीत, नृत्य, न्याय कला, ज्योतिष विद्या, गज परीक्षा, नर परीक्षा आदि कोई भी ऐसा विषय नहीं था जिसमें कैकयी पारंगत ना हो। राजा ने अपनी पुत्री के लिए स्वयंवर रखा। राजा दशरथ अकेले पृथ्वी भ्रमण के लिए निकले हुए थे। सो सब जगह भ्रमण करते हुए मिथिला नरेश जनक के साथ स्वयंवर के समय कौतुक मंगल देश में पहुँचे। दशरथ के रूप और भव्यता से आकर्षित होकर कैकयी ने उन्हें ही वरण किया। अन्य अनेक बड़े-बड़े राजा एक विदेशी को वरण करने के कारण युद्ध के लिए तत्पर हुए। कैकयी राजा दशरथ के रथ की सारथी बनी और दशरथ ने सभी राजाओं को युद्ध में पस्त कर दिया। अयोध्या आने पर राजा ने कैकयी की वीरता और बुद्धिमता से खुश होकर उसे कुछ मांगने को कहा। कैकयी ने कहा- जब मुझे आवश्यकता होगी मैं आपसे अपना वर मांग लूंगी। संपूर्ण अयोध्या राज्य न्याय और ऐश्वर्य से परिपूर्ण था। समय के साथ राजा के चार पुत्र हुए।

रानी कौशल्या से राम, सुमित्रा से लक्ष्मण, कैकयी से भरत और रानी सुप्रभा से शत्रुघ्न। चारों पुत्र शिक्षा योग्य हुए और योग्य गुरुओं से सब प्रकार के शास्त्रों की शिक्षा उनको दी गई। अरिब्राक्षण ने उन्हें धनुर्विद्या में पारंगत किया।

इधर मिथिला नगरी में राजा जनक और रानी विदेहा से सीता और भामंडल ने जन्म लिया। जन्म के साथ ही भामंडल को कोई विद्याधर उठाकर ले गया था। राजा जनक पर मलेच्छ सेना ने आक्रमण कर दिया। ये लोग अज्ञानी, बर्बर, मांस भक्षी और दया विहीन थे। राजा जनक की सहायता के लिए श्री रामचंद्र और लक्ष्मण आए और देखते ही देखते उन्होंने सबका सफाया कर दिया। कुछ जान बचाकर भाग गए। तभी से राजा जनक अपनी पुत्री सीता के लिए श्री रामचंद्रजी को चाहते थे। आकाश गमन करते हुए नारद जी को जैसे ही राजा जनक की इच्छा का पता लगा, वह कौतूहलवश बस सीता को मिथिला नगरी में उनके महल में देखने चले गए। परन्तु सीता उनको देखकर डर गई और शोर मचाने लगी। महल के रक्षकों ने उन्हें न पहचान कर उन पर आक्रमण किया। नारद जी मुश्किल से अपनी जान बचाकर भागे। मन ही मन निर्णय किया कि इस दुष्ट लड़की को मैं सबक सिखाऊंगा। सो विद्याधर चंद्रगति के बेटे भामंडल के सामने सीता के रूप और गुण की बढ़ा चढ़ाकर प्रशंसा की। भामंडल सीता को पाने के लिए व्याकुल हो उठा। कोई भी नहीं जानता था कि भामंडल ही सीता का जन्म के समय बिछड़ा हुआ भाई है। चंद्रगति ने भामंडल की दशा देखकर मायामयी विद्याधर को

भेजकर जनक को उठाकर रथनुपुर में बुला लिया। राजा जनक ने चंद्रगति के सामने श्री राम के गुणों का वर्णन करते हुए बताया कि "मैंने अपनी पुत्री सीता को श्री राम को देने का मन बनाया हुआ है| मलेच्छ युद्ध में उनकी सहायता से ऊऋण होने का मेरे पास एकमात्र यही तरीका था। विद्याधरों को राम के गुणों और वीरता पर विश्वास नहीं हुआ। उन्होनें राम और उनके भाइयों की परीक्षा के लिए देवोंपुनीत दो धनुष "वज्रावर्त" और " सागरवर्त" दिये और कहा कि अगर वे इन धनुषों पर प्रत्यंचा चढ़ा देंगे तो सीता उनकी होगी अन्यथा हम बलात्कर उसका विवाह भामंडल से करवा देंगे। राजा जनक ने स्वयंवर मंडप बनवाया। अनेक वंशों के राजा वहां उपस्थित थे। परंतु कोई भी राजा प्रत्यंचा चढ़ाना तो दूर धनुष के पास भी न जा सके। राम ने वज्रावर्त धनुष की प्रत्यंचा और लक्ष्मण ने सागरवर्त धनुष की प्रत्यंचा कुछ ही क्षणों में चढ़ा दी। सीता ने श्री राम के गले में वरमाला डाली और लक्ष्मण का शौर्य देखकर रथनुपुर से आए विद्याधरों ने अपनी 18 पुत्रियों का विवाह लक्ष्मण से कर दिया। इधर भरत को उदास देख कर कैकयी ने राजा दशरथ को कहा कि इसी स्वयंवर मे जनक के भाई कनक की पुत्री लोक सुंदरी का विवाह भरत से करवा दिया जाए। राजा दशरथ ने ऐसा ही किया। इस प्रकार दशरथ अपनी पुत्र वधुओं के साथ खुशी-खुशी अयोध्या लौटे।

इधर जब भामंडल को सीता के विवाह का पता लगा तो वह विद्याधरों पर बहुत क्रोधित हुआ और स्वयं ही सीता को लाने चल दिया। रास्ते में उसे विदग्ध नगर दिखाई दिया। उसे लगा उसने पहले भी इस नगर को देखा है और इस तरह उसे जाति स्मरण हो आया। भामंडल को ज्ञान हुआ कि सीता उसकी बहन है। जनक और विदेहा रानी उसके माता-पिता हैं। अयोध्या और मिथिला नगरी में यह संदेश पहुंचा। भामंडल को राज्य में देखकर चंद्रगति विद्याधर ने मुनि दीक्षा धारण की। भामंडल ने मिथिला का राज्य अपने चाचा कनक को दिलवा दिया। अपने माता-पिता जनक और विदेहा को अपने साथ अपने राज्य में ले गया।

एक बार अयोध्या में मुनि सर्व भूत हित आए। राजा दशरथ भी उनके दर्शन के लिए गए। राजा दशरथ ने अपने पूर्व जन्मों के बारे में जानने की जिज्ञासा मुनि को बताई। राजा अपने पूर्व जन्मों के बारे में जानकर वैराग्य को उपलब्ध हुए। राजा को दीक्षा लेने का सुन भरत ने भी मुनि बनने की ठान ली। कैकयी पति और पुत्र दोनों के दीक्षा लेने की बात से अति शोक व्याकुल हुई। वह बहुत अधिक विलाप करती रही। अचानक उसे राजा द्वारा दिए गए वर की याद आई। उसने राजा के सामने जाकर कहा, "मैं अपने पुत्र के बिना जीवित नहीं रहूंगी। आपने स्वयं की

दीक्षा लेने का मन बना लिया है। भरत भी आपके साथ जाना चाहता है। भरत अभी युवा है, मैं उसके लिए आपसे अयोध्या का राज्य मांगती हूँ"। राजा दशरथ ने तत्काल कैकयी को राज्य दे दिया और अपने वचन से उऋण हुए। भरत के वन जाने की जिद को राजा ने यह कहकर शांत किया कि तुम्हें अपनी माता को जीवित रखने और पिता की आज्ञा का पालन करना चाहिए।

राम ने भी पिता के वचन का मान रखने के लिए, राज्य भरत को दे दिया। माताओं ने भाइयों ने और प्रजाजनों ने सबने उनको राज्य में ही रुकने का आग्रह किया। परंतु राम ने कहा कि मेरे यहाँ रहने से भरत अपने पूरे मान-सम्मान के साथ राज्य नहीं कर पाएगा। राम को वन गमन करते देख सीता और लक्ष्मण भी साथ हो लिए। हालांकि लक्ष्मण को भरत पर बहुत क्रोध आया परंतु वह सोच कर चुप रह गया कि गलत और ठीक का निर्णय पिता या बड़े भाई श्री राम करेंगे। तीनों ने वन के लिए प्रस्थान किया। रास्ते में अनेक राजाओं ने रोकने का प्रयत्न किया। प्रजा जन रोते बिलखते रहे। परंतु श्री राम चंद्र जी ने सबको समझा-बुझाकर वापस भेज दिया। दक्षिण दिशा की तरफ जाते हुए चित्रकूट पर्वत को पार कर उज्जैयिनी नगरी में आए। वहां भगवान चंद्रप्रभु के चैत्यालय में रात्रि विश्राम के लिए रुके। उज्जैयिनी नगरी के राजा सिंहोदर और दशांग नगर के स्वामी वज्रकर्ण में सुलह करवाई। वज्रकर्ण जिनदेव और जिनवाणी के सामने ही नतमस्तक होता था। वज्रकरण ने अपनी आठ कन्याओं की सगाई लक्ष्मण से की और सिंहोदर व अन्य राजाओं ने अपनी तीन सौ कन्याओं का विवाह लक्ष्मण से करना चाहा। श्री राम और लक्ष्मण ने अपना स्वयं का राज्य बनाने के बाद इस आग्रह को मानना स्वीकार किया। रास्ते में राजा बालिखिल्य और रौद्रभूत मलेच्छ का कल्याण किया। आगे जाने पर धूर्त कपिल ब्राह्मण का उद्धार किया। कपिल ब्राह्मण कपिल मुनि के नाम से प्रसिद्ध हुआ। शीत ऋतु आते-आते राम, लक्ष्मण और सीता विजय नगर पहुँचे। वहां के राजा पृथ्वीधर की पुत्री वन वनमाला से लक्ष्मण का मिलन हुआ। नंद्यावर्त का राजा अतिवीर्य भरत पर चढ़ाई की तैयारी कर रहा था। राजा पृथ्वीधर से राम लक्ष्मण को इस युद्ध के बारे में पता लगा। दोनों भाइयों ने भरत के पता लगे बिना ही अतिवीर्य को वश में करके उसका राज्य अयोध्या के अधीन कर दिया। कुलीन राजाओं की तरह श्री राम ने अतिवीर्य का राज्य जीत कर उसे ही वापस कर दिया। महिमा मंडित अतिवीर्य राज्य से विरक्त होकर मुनि बन गया। उसके बेटे विजय रथ को राज्य का स्वामी बनाया। विजय रथ की बड़ी बहन विजय सुंदरी का विवाह भरत और छोटी बहन रतन माला का विवाह लक्ष्मण से कर दिया। दोनों भाई सीता

सहित स्वेच्छा से अनेक प्रदेशों में विहार करते हुए क्षेमांजलि नगर में आए। यहां भी लक्ष्मण ने अपनी वीरता और आकर्षण से राजा शत्रुदमन की शक्तियों को वश में किया और उनकी पुत्री जित-पद्मा को पाणिग्रहण का आश्वासन देकर आगे बढ़े। अनेक देशों को देखते हुए यह तीनों वंशधर पर्वत पर पहुंचे। पर्वत पर कुलभूषण मुनि और देशभूषण मुनि को कायोत्सर्ग ध्यान मुद्रा में देखा। वहां अग्निप्रभ नाम का देव उनको भिन्न-भिन्न प्रकार के उपसर्ग दे रहा था ताकि उनका ध्यान भंग हो जाए। राम और लक्ष्मण ने उस असुर देव से युद्ध किया और उसे भागने पर मजबूर किया। इसी दौरान दोनों मुनियों को केवल ज्ञान की प्राप्ति हुई। मुनियों की सहायता करने के कारण गरुरढ़ेन्द्र ने राम को वर दिया कि जब तुम्हें मेरी सहायता की जरूरत होगी मुझे अपने पास पाओगे। जब केवली मुनि ने राम और लक्ष्मण को बलरूद्र और नारायण बताया तो वहां के राजा और प्रजा के आनंद का ठिकाना ना रहा। लोगों ने जी भर कर सेवा की और दान दिया। श्री रामचंद्र जी ने वंशगिरी पर्वत पर पंक्तियों में चैत्यालय अथवा जिनमंदिर बनवाए। इसलिए इस पर्वत का नाम रामगिरी पड़ा।

राम, सीता और लक्ष्मण दक्षिण समुद्र की तरफ बढ़ते जाते हैं। रास्ते में महा भयानक जंगल पड़ा। पास में ही नर्मदा नदी बह रही थी। वहीं एक विशाल वृक्ष के नीचे अपना आहार बनाया। वे खाना खाने ही वाले थे कि आकाश मार्ग से गुप्ति और सुगुप्ति दो चारण मुनि आते हुए दिखाई दिए। तीनों ने हर्षित होकर मुनियों को आहार करवाया। उस वृक्ष पर एक मोटा गिद्ध (जटायु) पक्षी बैठा हुआ था। मुनियों को देख कर उसे जाति स्मरण हुआ। अपने पूर्व भव के पापों को याद करके व्याकुल हुआ और धम्म से मुनि चरणों में आ गिरा। मुनि चरण में आते ही उसका कुरूप शरीर सुंदर हो गया। मुनियों ने उसके पूर्वभव सुनाए। यह स्थान दंडक राज्य था जिसे अब दंडक वन कहते हैं। यह पक्षी इस राज्य का दंडक राजा था। कुधर्म को मानने के कारण इसमें अनेक तिर्यंच गतियों में जन्म लिया। अब इसका पुण्य उदय हुआ। जिससे यह आपकी शरण में आया।

इसी दंडक वन में श्रीराम ने सुंदर नगर बसाने का प्रस्ताव रखा। प्रथम दंडक वन भारत की राज्य सीमा से बाहर था। द्वितीय यह वन सामान्य भूमि गोचरियों की पहुंच से बाहर थी। तृतीय यह वन अनेक प्रकार की औषधियों, फलों, पुष्पों और धातुओं से परिपूर्ण था। तीनों जटायु सहित पूरे दंडक वन में रथ में बैठकर घूमते रहे।

वर्षा काल समाप्त हुआ। शीत ऋतु आरंभ हुई। शीत ऋतु में दंडक वन का सौंदर्य दोगुना हो गया। एक दिन लक्ष्मण अकेले ही वन भ्रमण के लिए निकले, शीतल हवा के साथ एक

अलौकिक सुगंध से वे आश्चर्यचकित हुए और उसी दिशा में बढ़ते गए जहां से वह दिव्य सुगंध आ रही थी।

इधर दंडक वन में बांस के बीड़ों के बीच रावण की बहन शूर्पणखा और खरदूषण का पुत्र सम्बूक सूर्यहास खड्ग की सिद्धि करने के लिए 12 वर्ष से तपस्या कर रहा था। उसने प्रण किया था कि जब तक खड्ग सिद्ध नहीं होता मैं एक अन्न का आहार करूंगा और अगर मुझे कोई व्यक्ति दिखाई दिया तो उसका में संहार करूंगा। हर रोज शूर्पणखा उसके लिए एक अन्न का आहार लेकर आती। बाहर ही रख देती थी। 12 वर्ष बाद खड्ग सिद्ध हुआ। इस खड्ग की अनेक देव रक्षा करते थे। इस खड्ग से ही दिव्य सुगंध और प्रकाश निकल रहा था। इसे सिद्ध करने वाला अगर सात दिन तक नहीं लेता तो यह दूसरे के हाथ में जाकर स्वयं मारा जाता है। शूर्पणखा ने भी इसे देखा और सोच कर खुश हुई कि तीन-चार दिन में मेरा पुत्र संवूक इसे लेकर घर आएगा।

लक्ष्मण इसी खड्ग की सुगंध से खींचा चला गया। बांस के वीड़ो पर सूर्यहास खड्ग को झूलते देखा। हाथ बढ़ाकर खड्ग उठाया और उसकी तीक्ष्णता जांचने के लिए उसी वीरे बीड़े पर खड्ग चला दिया। संबूक के सिर सहित बीड़ा दूर जा गिरा। खड्ग के देवों ने लक्ष्मण के हाथ में खड्ग देखकर उसे ही अपना स्वामी कहा।

अगले दिन शूर्पणखा बेटे के सिर को कटा देखकर अकेले ही वन में रोती विलाप करती रही। बेटे के दुश्मन को ढूंढते हुए राम लक्ष्मण के समीप गई। उन दोनों भाइयों का रूप लावण्य देख कर कामासक्त हुई। परंतु भाइयों के द्वारा उसको ग्रहण न करने से क्रोधित होकर अपने पति के पास गई। लक्ष्मण सोचता रहा कि यह स्त्री कौन थी। महावन में अकेली कहां से आई?

इधर शूर्पणखा दोनों भाइयों के द्वारा ठुकराए जाने पर राम और लक्ष्मण के प्रति राग से मुक्त हुई। अपने पति के पास जाकर पृथ्वी को हिला देने वाला रुदन किया। उसका शरीर लहूलुहान था। कपड़े अस्त-व्यस्त थे। शूर्पणखा ने संबूक के सिर कटने और फलस्वरूप स्वयं उन दुश्मनों के पास बदले के लिए जाना, सब वृतांत खर दूषण को बताया। उसने राम और लक्ष्मण पर उसके शील हरण करने की कोशिश का दोष लगाया। खर दूषण सब हाल सुनकर बबूला हो गया। मंत्रीयों ने रावण के पास समाचार भेजा। खर दूषण अपने दैत्य वंश की वीरता का मान करता हुआ स्वयं ही अपने चौदह हजार विद्याधर राजाओं की सेना के साथ राम और लक्ष्मण से युद्ध करने चल पड़ा। सेना को आता देख लक्ष्मण राम को सीता की रक्षा करने के लिए कह

कर अकेला ही युद्ध के लिए चल पड़ा। जाते हुए लक्ष्मण ने कहा कि अगर युद्ध में मुझे आपकी जरूरत पड़ी तो मैं सिंहनाद करूंगा। तब आप आ जाना।

लक्ष्मण अकेले ही सब विद्याधरों पर भारी पड़ रहा था। उस समय रावण अपने पुष्पक विमान में बैठकर आया। संबूक का मरण और अपनी बहन की दुर्दशा सुनकर बहुत क्रोधित था। मार्ग में राम के पास सीता को बैठे देखा। उसके रूप सौन्दर्य को देखकर उसकी बुद्धि भ्रष्ट हो गई। संबूक का मरण और शूर्पणखा का दु:ख भूल गया। सीता को हरण करने का उपाय सोचने लगा। अवलोकनी विद्या से राम और लक्ष्मण के संवाद का ज्ञान हुआ। लक्ष्मण की आवाज में सहायता के लिए राम को पुकारा। आवाज सुनकर राम-लक्ष्मण की सहायता के लिए गए। रावण ने शक्ति से सीता को अपने विमान में बैठाया। सीता का रुदन सुनकर जटायु ने रावण पर आक्रमण किया। रावण ने वार करके उसे गिरा दिया। रावण युद्ध किए बिना ही चला गया। रावण ने सोचा खर दूषण और उसकी सेना महाबली है वे इन दोनों वनवासियों को स्वयं ही जीत कर बदला लेंगे। सीता को राम में अनुरक्त देखकर रावण का मन कुछ उदास हुआ। उसको अपनी प्रतिज्ञा याद आई की पर स्त्री को उसकी इच्छा के बिना सेवन नहीं करूंगा। सो यह सोच कर कुछ समय बाद यह मान जाएगी, वह अपने स्थान चला। इधर राम को युद्ध स्थल में देखकर लक्ष्मण ने कारण पूछा। राम को समझ में आया कि किसी मायावी षड्यंत्र ने मुझे यहां भेजा है। वापस जाकर देखा सीता वहां नहीं थी। राम सीता के वियोग में इधर-उधर भटकने लगे। सब से पूछा। एक जगह जटायु को पड़ा पाया। उसका मरण निकट जान राम ने उसे और अरहंत, सिद्ध, साधू और केवली भगवान का धर्म ग्रहण करवाया। पुनः जंगल-जंगल सीता को ढूंढने लगे।

युद्ध में चंद्रोदय का पुत्र विराधित भी खरदूषण के कटक में आया था। परंतु लक्ष्मण का तेज देखकर उसके चरणों में आया। अपने पिता का बदला खरदूषण से लिया। लक्ष्मण ने सूर्यहास से खरदूषण को मारा। लक्ष्मण को ज्ञान हुआ कि मैंने अनजाने में बांस की बीड़ों में खरदूषण के पुत्र संबूक को मारा। सीता के हरण का समाचार सुन विराधित राम लक्ष्मण को पाताल लंका के अलंकारोदा नगर में ले गया। खरदूषण का दूसरा पुत्र सुंदर युद्ध में पराजित होकर अपनी मां सहित लंका चला गया।

रावण सीता को लेकर आपने देवारणय उपवन में आया। वहां दाम, साम, दंड और भेद सब तरह से सीता को रिझाने का प्रयत्न किया। मंदोदरी ने रावण की काम से वश होकर दिन-हीन

दशा देखी। अपने पति की इच्छा को पूर्ण करने के लिए सीता को मनाने का प्रयत्न किया। परंतु सब निष्फल रहा। विभीषण, कुंभकरण और अन्य मंत्री गण खरदूषण और संबूक का शोक करने आए। रावण की सीता के लिए व्याकुलता देखी। सब ने रावण को समझाने का प्रयत्न किया। परंतु सर्वधर्म का ज्ञाता रावण सीता को देख अपना सब प्रकार का विवेक खो चुका था। गौतम स्वामी राजा श्रेणिक से कहते हैं- हे राजा जब मनुष्य का विनाश काल आता है तब उसकी स्वयं की बुद्धि तो नष्ट हो ही जाती है, उसको दूसरों का समझाया हुआ भी समझ में नहीं आता।

रावण की यह दशा देखकर विभीषण और मंत्रियों ने लंका की सुरक्षा के बारे में सोचा। विराधित द्वारा लक्ष्मण का साथ देने की बात सुनकर उन्होंने सारे राजाओं की वफादारी पर विचार किया। वानर वंशी भी रावण के जोर के कारण उसके साथ है, अन्यथा वे मन ही मन उनसे द्वेष करतें हैं। मायामयी मंत्रों से लंका को चारों तरफ से सुरक्षित किया।

वानर वंशी सुग्रीव की पत्नी सुतारा को पाने का मोह साहसगति विद्याधर उसके विवाह होने के बाद भी नहीं छोड़ पाया। उसने बैताली विद्या से सुग्रीव का रूप बनाकर किहकंधापुर नगर में प्रवेश किया। असली सुग्रीव उसे महल में देखकर अति क्रोधित हुआ। सभी मंत्री गण, प्रजाजन वहां एकत्र हो गए। परंतु कोई भी नहीं पहचान पाया कि असली सुग्रीव कौन है। सुग्रीव का जमाई हनुमान भी उदास हो कर चला गया। दोनों ही सुग्रीव को नगर के बाहर कर दिया। असली सुग्रीव दुखी होता हुआ खरदूषण के पास आया। उसको मरा जानकर राम लक्ष्मण के पास आया। राम ने उसे अपने जैसा दुःखी, पत्नी के वियोग में व्याकुल जानकर उसकी सहायता की। राम के सामने आते ही मायामयी सुग्रीव की बैताल विद्या गायब हो गई। असली सुग्रीव अपनी पत्नी से मिला। श्री राम को उसने वचन दिया कि सात दिन के भीतर वह सीता का पता बताएगा। सुग्रीव ने अपनी तेरह पुत्रियों का विवाह श्रीराम के साथ किया।

सुग्रीव की पुत्रियाँ राम को मोहने की अनेक प्रकार से चेष्टाएँ करती रहीं। परंतु राम को सीता के सिवाय कुछ भी दिखाई नहीं देता। पवन से भ्रमर से, वृक्षों से यहां तक कि कौवे से सबसे सीता का पता पूछते घूमते हैं। लक्ष्मण भाई की ऐसी दशा देखकर क्रोधित होकर सुग्रीव को उसका वचन याद दिलाते हैं। सुग्रीव क्षमा याचना करता हुआ सभी विद्याधरों को लेकर सीता को ढूंढने निकलते हैं। एक शिला पर रत्न जटी, जो कि भामंडल का सहायक है उसे शक्ति विहीन पड़े देखा। रत्न जटी ने डरते हुए रावण द्वारा सीता को हरण करने की बात बताई। "सीता

मेरे स्वामी भामंडल की बहन है, सो मैंने रावण से उसे छुड़ाने की कोशिश की परंतु रावण ने मेरी विद्या छीन कर मुझे धरती पर गिरा दिया।" श्री राम रत्न जटी को गले से लगाकर अति भाव विह्वलित हुए। लंका पर चढ़ाई की तैयारी करने लगे परंतु जम्बूनद सुग्रीव के मंत्री, विराधित और अन्य अनेक विद्याधर राजा रावण की शक्ति को जानते थे। उन्होंने राम लक्ष्मण को युद्ध न करने की सलाह दी। इस पर लक्ष्मण ने क्रुद्ध होकर कहा "आप सब क्या हमें कायर समझते हो" तब एक मंत्री ने कहा, "अनन्तवीर्य केवली ने रावण को बताया था कि जो व्यक्ति कोटि शिला को उठा देगा वही व्यक्ति तुम्हें मृत्यु देगा।" लक्ष्मण उन सबको साथ लेकर कोटि शिला के पास पहुंचा। लक्ष्मण ने जिनदेव का ध्यान करते हुए और उस कोटि शिला से सिद्धशिला को प्राप्त हुए सभी सिद्धों को वंदना करते ही शिला को अपने घुटनों तक उठा दिया। चारों तरफ जय-जयकार का घोष हुआ। दोनों भाइयों की शक्तियों को जानने के बाद भी जम्बूनद, अर्कमाली, नील आदि सभी ने श्री राम जी से आग्रह किया कि रावण का भाई विभीषण सदाचारी श्रावक के व्रतों को मानने वाला है। अतः युद्ध से पहले हमें किसी चतुर, बलशाली, महाविद्वान व्यक्ति को विभीषण के पास भेजना चाहिए। वह रावण को समझा-बुझाकर सीता को वापस भेज देगा। सब ने विचार कर हनुमान जी को इस कार्य के लिए योग्य समझा। उन्होंने कहा हनुमान रावण का परम मित्र है। वह रावण को समझाकर संकट दूर करेगा। श्री राम लक्ष्मण को यह सुझाव पसंद आया।

श्री भूत नाम के दूत को हनुमान जी के पास भेजा। हनुमान जी अपनी इंद्र समान नगरी में अपने ससुर खरदूषण और साले संबूक के मरण से अति दुखी थे। पहले तो दूत के द्वारा राम की सहायता के प्रस्ताव से हनुमान जी क्रोधित हुए। परंतु जब उन्होंने राम द्वारा सुग्रीव की सहायता और साहस गति के सामने राम के आते ही उसकी बैताली विद्या का लोप हो जाना आदि बातें सुनीं तो उनका क्रोध शांत हो गया। वह श्री भूत दूत के साथ श्री राम के पास आए। वहां श्री राम, लक्ष्मण तथा अनेक वानर वासियों को देखकर हर्षित हुए। राम श्री हनुमान को गले लगाकर हर्षित हुए। हनुमान जी श्री राम को देख इतना अभिभूत हुए कि उन्होंने उसी क्षण सीता का पता लगाने के लिए लंका जाने की आज्ञा मांगी। राम ने पहचान के लिए अपनी अंगूठी हनुमान जी को दे दी और कहा कि मेरे लिए सीता का चूड़ामणि लेकर आना।

गौतम स्वामी राजा श्रेणिक को कहते हैं- यह संसार अनेक जीवों से भरा है- इनमें निस्वार्थ दूसरों का कार्य करना श्रेष्ठ उपकार है।

18- भगवान महावीर की दृष्टि में भगवान राम

हनुमान जी अकाश गमन करते हुए लंका की तरफ चले।

रास्ते में अपने नाना राजा महेंद्र का नगर देखा। अपनी मां अंजना के दुखों को याद कर अपने मामा प्रसन्नजीत और नाना से महेन्द्र युद्ध किया। हनुमान की शक्ति देख उनको अपनी गलतियों का एहसास हुआ। जाकर अंजना से मिले। हनुमान जी के कहने पर राम की सहायता के लिए किष्किंधा नगरी पहुंचे।

हनुमान जी विमान में बैठ लंका की तरफ चले। मार्ग में अति भयानक वन में दो मुनियों को कायोत्सर्ग अवस्था में और तीन गंधर्व कन्याओं को विद्या सिद्धि करते देखा। एक दुष्ट अंगारक ने कन्याओं पर मोहित होने के कारण वन में अग्नि उत्पन्न की। हनुमान जी ने समुद्र के जल से उस उपसर्ग को शांत किया। कन्याओं ने बताया कि एक मुनि वचनों के अनुसार हमारा विवाह साहसंगति को मारने वाले व्यक्ति से होगा। सो हनुमान जी ने उनके पिता सहित उन्हें राम जी के पास भेजा। तीनों गंधर्व कन्याओं का विवाह श्री राम जी के साथ हुआ।

हनुमान जी लंका के चारों तरफ बने मायामयी कोट के कारण उसमें प्रवेश नहीं कर पाए। तब हनुमानजी ने अपनी विद्याओं का प्रयोग कर कोट को तोड़ डाला। कोट का स्वामी वज्रमुख क्रोधित हुआ और हनुमान जी के साथ युद्ध में मारा गया। वज्रमुख की बेटी हनुमान से युद्ध करते हुए उन पर कामासक्त हुई। हनुमान जी उनकी वीरता और सुंदरता पर मुग्ध हुए, दोनों का प्रेम हुआ। लंका सुंदरी ने कहा "रावण से तो तुम्हारा प्रेम है, तो इस तरह युद्ध करके उनके पास क्यों जा रहे हो?"

हनुमान जी ने बताया कि रावण अन्याय मार्ग से श्री राम जी की पत्नी सीता को हरण करके लाया है। दूसरा श्री राम और लक्ष्मण ने हम वानर वासियों की बहुत सहायता की है। सो अब रावण से मेरा प्रेम नहीं बल्कि द्वेष है।"

इस प्रकार हनुमान जी अपनी सेना को लंका सुंदरी के पास छोड़ कर अकेले ही लंका में प्रविष्ट हो गए।

गौतम स्वामी ने राजा श्रेणिक से कहा - हे राजन। इस लोक की रीत बड़ी निराली है। यहां प्राणी क्षण मात्र में दोष छोड़कर राग में आ जाए और राग छोड़कर द्वेष में आ जाए।

अब आगे गौतम स्वामी राजा श्रेणिक से कहते हैं- हे राजन हनुमान जी बहुत थोड़े से योद्धाओं को लेकर निडर होकर लंका में प्रवेश कर गए। वह जाकर सबसे पहले विभीषण से मिले। विभीषण ने अपने भांजा जमाई का बहुत आदर सत्कार किया। बातचीत के दौरान

उन्होंने हनुमान जी को बताया कि उन सबने मंत्रियों सहित रावण को सीता के लिए बहुत समझाया।

परंतु सीता का राग उनके मन से जा ही नहीं रहा। विभीषण से विदा लेकर, हनुमान जी सीता के पास गए। श्री राम की अंगूठी देखकर सीता बहुत प्रसन्न हुई और अपनी प्रतिज्ञा अनुसार 11 दिन बाद श्री राम जी के समाचार मिलने पर ही खाना खाया। अपने सिर का चूड़ामणि हनुमान जी को दिया ताकि श्री राम जी को सीता के जीवित रहने का प्रमाण मिल जाए। रावण ने हनुमान के श्री राम का दूत बन कर आने का समाचार सुना। क्रोधित होकर रावण ने अनेक योद्धाओं को प्रमद वन में भेजा। हनुमान ने अकेले ही सब सुभटों को मार गिराया। यह सब सुनकर इंद्रजीत और मेघनाद वहां गए। हनुमान जी ने पूरे उपवन को वृक्ष रहित कर दिया। नगर के सारे सुंदर भवन तोड़ डाले। पूरी लंका में विनाश ही विनाश दिख रहा था। इंद्रजीत ने नागफांस में हनुमान को जकड़ लिया।

हनुमान उन बंधनों को तोड़कर आकाश मार्ग से किहकंधापुरी आए। श्री राम को सीता के समाचार दिए। राम और लक्ष्मण की भुजाएं लंका पर चढ़ाई करने के लिए फड़कने लगीं। शुभ शकुन देखकर अनेक विद्याधर राजाओं सहित सुग्रीव, हनुमान, नल, सुषेण, विराधित आदि राजाओं ने लंका की तरफ कूच किया।

रास्ते में बेलन्धर के राजा को जीता और राजा समुद्र ने अपनी पुत्रियों का विवाह लक्ष्मण से किया रास्ते में ही सीता के भाई भामंडल की सेनाओं ने राम लक्ष्मण की सेना से मिलाप किया।

विभीषण एक बार फिर रावण को समझाने गए। विभीषण द्वारा राम लक्ष्मण की प्रशंसा सुनकर रावण और उनका पुत्र इंद्रजीत क्रोध से लाल पीले हो गए। दोनों ने विभीषण को अपमानित करके लंका से बाहर जाने का आदेश दिया।

विभीषण ने इंद्रजीत को कहा कि तुम पुत्र होकर अपने पिता के विनाश में सहायक बन रहे हो। रावण स्त्री त्यागी, अनेक शास्त्रों का पंडित है फिर भी उसको राम की पतिव्रता पत्नी को हरण करने का विचार कैसे आया? अवश्य ही लंका के विनाश का समय आ गया है।

रावण की सभा में अपमानित होकर विभीषण अपनी अक्षौहिणी सेना के साथ राम से मिला। प्रारंभ में विभीषण की सेना को देखकर सब घबराए। परंतु सभी वानर वंशी विभीषण की धर्मभीरुता और सच्चाई से परिचित थे। अतः राम ने उन्हें अपने कष्ट मंस शामिल किया।

दोनों ही कटकों के योद्धाओं में युद्ध के लिए अति उत्साह था।

20- भगवान महावीर की दृष्टि में भगवान राम

जब राम युद्ध के लिए निकले थे तो अनेक शुभ संकेत हुए। परंतु रावण जब अपने कटक के पास युद्ध क्षेत्र के लिए निकले तो अनेक अपशकुन हुए।

रावण हर शास्त्र का ज्ञाता होने पर भी इन सब अशुभ संकेतों के बावजूद युद्ध के लिए तत्पर हुआ।

गौतम स्वामी कहते हैं- हे राजन जब मनुष्य का पुण्य क्षणी हो जाता है तब उसको अपने-पराए, इष्ट अनिष्ट, अथवा ज्ञान - अज्ञान किसी में भी भेद दिखाई नहीं देता।

दोनों तरफ की सेना में महा भयंकर युद्ध हुआ। कभी वानरवंशी रावण की सेना से दबे और कभी राक्षसवंशी वानरवंशियों से शिथिल हुए। सुग्रीव के चाचा और उसके दोनों पुत्र नल और नील ने महा भयंकर युद्ध किया और रावण के वीर सेनापतियों हस्त और प्रहस्त को मार गिराया।

हस्त-प्रहस्त के मरने से रावण के कटक में शोक के साथ-साथ अति क्रोध का वातावरण बन गया।

स्वयं रावण, मेघनाद, इंद्रजीत और अन्य अनेक योद्धा युद्ध भूमि में आए। दोनों तरफ के योद्धाओं ने अपनी-अपनी विद्याओं सहित भयंकर युद्ध किया। हनुमान के सामने रावण का पुत्र जम्बूमाली आया। मेघनाथ ने भामंडल को और इंद्रजीत ने सुग्रीव को नागपाश से पकड़ा। कुंभकरण ने हनुमान को पकड़ा सो अंगद ने आकर हनुमान को छुड़ाया। विभीषण सुग्रीव और भामंडल को लेने गया। चाचा को देखकर दोनों भाई एक तरफ चले गए। नागपाश को देखकर राम को गरुढेन्द्र का वचन याद आया। कुलभूषण और देशभूषण मुनि के उपसर्ग दूर करने के कारण गरुढेन्द्र ने राम को सहायता का वचन दिया था। उनकी सहायता से राम-लक्ष्मण को सिंहवाहिनी और गरुढ़-वहिनी विद्या के साथ-साथ अनेक दिव्य शस्त्र मिले। गरुढ़वहिनी विद्या से भामंडल और सुग्रीव को नागपाश से मुक्त कराया। अगले दिन का युद्ध और भयानक हुआ। रावण और विभीषण का आमना सामना हुआ। लक्ष्मण ने बीच में आकर विभीषण को बचाया। राम ने नागपाश से कुंभकरण को बांधा। लक्ष्मण ने आशिविष नाम के बाण से इंद्रजीत और मेघनाथ को मूर्च्छित किया। रावण ने लक्ष्मण पर अमोधक्षेपा नाम की शक्ति चलाई, राम ने लक्ष्मण को भूमि पर पड़े देखा तो भी शोक को दबाकर रावण से युद्ध करते रहे। छः बार रावण को रथ रहित किया। परंतु मार न सके। तब श्री राम ने कहा कि तेरी आयु अभी कुछ दिन

और शेष है। मैं भाई की क्रिया कर कल तुमसे युद्ध करूंगा। रावण भी लक्ष्मण को मरा जानकर लंका चला गया।

श्री राम लक्ष्मण की देह को स्पर्श कर विलाप करने लगे। सभी आए हुए योद्धाओं का उपकार मानते हुए, उन्हें लौट जाने को कहा। श्री राम रुदन करते हुए बोले कि लक्ष्मण के बिना मुझे न सीता चाहिए, न विजय चाहिए और ना ही जीवन चाहिए। मैं लक्ष्मण के साथ ही अग्नि में प्रवेश कर लूंगा। तब जांबूनद महा बुद्धिमान उन्होंने कहा- हे देव। आप अधीर मत हो। लक्ष्मण स्वयं नारायण है। शक्ति लगने से उनकी यह दशा हुई है। वे शीघ्र ही स्वस्थ होंगे। सभी उपस्थित राजा कटक की रक्षा करते हुए शक्ति शल्य को निकालने का उपाय सोचने लगे।

तभी कटक की रक्षा करते हुए भामंडल ने चन्द्रप्रीतम विद्याधर को अंदर आते हुए देखा। कारण पूछने पर उसने बताया कि उसके पास लक्ष्मण का इलाज है। राम के पास जाकर उसने बताया कि द्रोणमेघ राजा की पुत्री विशल्या है। अपने पूर्णभव के तीन हजार वर्ष के तप के कारण उसका शरीर गन्धोदक जल के समान पवित्र और सुगंधित है। उसके स्नान किए हुए जल से अयोध्या में फैली महामारी व अन्य अनेक रोग ठीक हुए हैं विद्याधर ने बताया कि सर्वहित मुनि के अनुसार विशल्या का विवाह लक्ष्मण से होगा। सो शीघ्र ही आप विशल्या का स्नान जल मंगवाओ।

गौतम स्वामी राजा श्रेणिक से कहते हैं- हे राजन! पुण्य से ही संकट के समय में सभी उपाय स्वयं सिद्ध होते हैं।

चन्द्र प्रीतम विद्याधर की सब ने प्रशंसा की। क्षण मात्र में हनुमान, भामंडल और अंगद आदि सभी अयोध्या पहुंचे। राजा भरत को सब समाचार सुनाया। सुनकर भरत ने राजा द्रोणमेघ को संदेश भेजा। राजा ने कहा स्नान जल की अपेक्षा विशल्या को ही साथ ले जाओ। सूर्योदय से पहले ही हनुमान आदि विशल्या को लेकर राम के कटक में पहुंचे। विशल्या के दर्शन मात्र से अमोध विजय शक्ति लक्ष्मण के शरीर से निकल कर भाग गई।

लक्ष्मण स्वस्थ हुए। कटक में पड़े सभी घायल मूर्छित योद्धा विशल्या के चंदन के छीटों से स्वस्थ हुए। कुंभकरण, इंद्रजीत और मेघनाथ को भी चंदन के लेप से स्वस्थ किया। वहीं पर लक्ष्मण का विशल्या से पानी ग्रहण किया।

रावण ने राम के कटक का सारा वृतांत सुना। अपना एक दूत राम के पास भेजा और कहलवाया कि मैं आधी लंका और सागर पर्यंत पृथ्वी तुम्हें दूंगा। परंतु तुम्हें सीता को मुझे देना होगा।

22- भगवान महावीर की दृष्टि में भगवान राम

रावण के इस संदेश से राम सहित सभी आग बबूला हो गए। राम ने प्रत्युत्तर में कहा कि जब तुम परस्त्री के लिए सब कुछ दाव पर लगा सकते हो तो मैं अपनी पत्नी के लिए तुम से युद्ध क्यों नहीं करूं। राम का जवाब सुन रावण को अपने भाई कुंभकरण और दोनों पुत्र के कुशल क्षेम की चिंता हुई। रावण को बहुरुपिणी विद्या को साधने का विचार आया। उस समय अष्टान्हिका पर्व की भी शुरुआत हो चुकी थी। सो सारे राज्य में धर्म ध्यान, पूजा उपवास की घोषणा करवा कर और आठ दिन तक कोई युद्ध ना करने का कहकर रावण स्वयं शांति नाथ के मंदिर में बहुरुपिणी विद्या सिद्ध करने के लिए बैठ गए।

राम के कटक के सभी राजाओं को चिंता हुई। वे रावण को क्रोधित करने के उपाय सोचने लगे। राम ने सब को रोका और कहा कि जिन मंदिर में साधना करते हुए व्यक्ति को दुखी करना न्याय सम्मत नहीं है। फिर भी कपिवंश के अनेक राजकुमार लक्ष्मण से कहकर लंका में उपद्रव करने चल पड़े।

नल, नील और अंगद आदि ने उनकी स्त्रियों को परेशान किया जिससे रावण को क्रोध आए और उसकी विद्या सिद्ध न हो। पूरे राज्य में हाहाकार मच गया। फिर भी रावण टस से मस नहीं हुआ। अंततः रावण को बहुरूपिणी विद्या सिद्ध हुई। रावण अपनी विद्या सहित सीता से मिलने गया। उसने कहा कि मैं तुम्हारे पति, भाई, देवर तथा अन्य अनेक लोगों को युद्ध में मारूंगा। इससे अच्छा है तुम अपने आप को मुझे समर्पित कर दो। परंतु अभी भी अपने प्रति सीता की विरक्ति देखकर रावण को स्वयं पर ही क्रोध आने लगा। रावण ने सोचा कि अब अगर मैं सीता को वापस भेजता हूं तो मेरी जग हंसाई होगी। मुझे विभीषण की बात पहले ही मान लेनी चाहिए थी। परंतु अब तो युद्ध अवश्य भावी है चाहे जो भी परिणाम हो।

युद्ध से पूर्व अनेक अपशकुन हुए। मंदोदरी व मंत्रियों ने रावण को युद्ध ना करने के लिए बहुत समझाया परंतु रावण यह जानते हुए भी कि उसका अपवादरूपी अपयश भव में लोगों द्वारा होता रहेगा, युद्ध के लिए बाहर निकल गया।

राम और रावण दोनों की सेनाओं में महा भयंकर युद्ध हुआ। बारह दिन युद्ध चला। युद्ध का कोई निर्णय होते ना देख कर रावण ने लक्ष्मण पर चक्र रत्न चलाया। दोनों तरफ की सेना इस चक्र को देखकर भयभीत हुई। परंतु यह चक्र रत्न लक्ष्मण की प्रदक्षिणा करके बड़े आराम से लक्ष्मण के हाथ में आ गया। सबको भगवान अनंत वीर्य केवली के शब्द याद आए। लक्ष्मण

आठवें वासुदेव हैं और राम आठवें बलदेव हैं। अब रावण को भी अपना अंत समय दिखने लगा। उसी समय लक्ष्मण ने ललकारा। रावण क्रोधित हुआ।

लक्ष्मण ने उसी चक्ररत्न से रावण को मार गिराया।

पूरी लंका रावण का मरण सुनकर शोकाकुल हुई। विभीषण भाई की मृत्यु देखकर मूर्छित हुए। राम, लक्ष्मण व सुग्रीव आदि ने मिलकर सब को सांत्वना दी। जन्म मरण के अटल सत्य को समझाया। और फिर रावण की मृत्यु तो स्वयं नारायण के हाथ से हुई है। रावण सब शास्त्रों का ज्ञाता, करुणावान, बुद्धिमान एक मोह के कारण नाश को प्राप्त हुआ।

राम ने सभी राजाओं को उनकी विभूतियों सहित मुक्त किया। विभीषण को लंका का स्वामी बनाया। मंदोदरी आदि सभी रानियों ने व कुंभकरण, इंद्रजीत, मेघनाथ ने अनंत वीर्य केवली के समीप जाकर जिन दीक्षा ग्रहण की।

लंका में सीता के मिलन से राम और सभी योद्धा अपने दुखों को भूल गए। विभीषण ने अपने दादा सुमाली और सुमाल्यावान और पिता रत्न श्रवा को शांतिपूर्वक दिलासा दिया। जीवन का पर्यार्थिक नय से मरण होना अटल सत्य है। अन्यथा सृष्टि में जन्म मरण का चक्र ही समाप्त हो जाएगा, एक जीव तभी पैदा होता है जब उसका कहीं मरण हुआ होगा। जिन देव की शरण में जाकर ही हम इस चक्र से छूट सकते हैं। विभीषण के इन वचनों ने सबको शोक रहित किया। कुछ समय पश्चात राम-लक्ष्मण ने विराधित को पत्र देकर उन सब राजकुमारियों को अपने पास बुला लिया जिनको रास्ते में पाणिग्रहण करने का वचन इन दोनों भाइयों ने दिया था।

राम लक्ष्मण ने अपनी रानियों सहित छ: वर्ष लंका में बिताए।

इधर कुंभकरण, मेघनाथ और इंद्रजीत आयु पूर्ण कर अनेक मुनिराजों सहित नर्मदा नदी के तट पर बड़वानी बावन गजा से सिद्ध पद को प्राप्त हुए।

मंदोदरी के पिता राजा मय राज्य अवस्था में माया चारी और कठोर परिभाषित थे। अब जिन धर्म के प्रभाव से राग द्वेष से रहित होकर ऋद्धिधारी मुनि हुए।

लंका में आकर नारद ने अयोध्या के समाचार दिए। चारों माताएँ राम और लक्ष्मण के वियोग से कैसे दुखी हैं, इस सब का वर्णन किया। तब राम लक्ष्मण ने विभीषण से कहकर

अयोध्या जाने की तैयारी की। विभीषण ने राम लक्ष्मण के पहुंचने से पहले ही सारी अयोध्या नगरी को विद्याधरों द्वारा देवनगरी की तरह सजवा दिया।

भरत-शत्रुघ्न पूरी प्रजा सहित राम लक्ष्मण के स्वागत के लिए आए। कौशल्या, सुमित्रा, कैकयी और सुप्रभा चारों माताएं अपने पुत्रों से मिलकर अति प्रसन्न हुईं। पूरे राज्य में दिवाली मनाई जा रही है।

पूरी अयोध्या नगरी दीयों से सजी है। चारों तरफ राम-लक्ष्मण की वीरता, उनकी रानियों का युद्ध में उनको मिलना, रावण के मोहनीय कर्म के कारण उसका विनाश आदि घटनाओं की चर्चा लोग कर रहे हैं।

कुछ मंदबुद्धि लोगों ने सीता का रावण द्वारा हरण और सीता का लंका में रहना आदि विषयों पर तानाकशी शुरू कर दी। लोग आपस में कहने लगे कि जब राजा ही इस तरह काम करेगा तो प्रजा क्या करेगी। अर्थात प्रजा भी व्यभिचारी हो जाएगी।

इधर भरत पिता के समय से ही संसार से विरक्त महसूस कर रहे थे। अब भाइयों के आ जाने से उन्होंने अपनी जिन दीक्षा लेने की इच्छा को फिर से भाइयों के सामने रखा। परंतु सभी माताओं, भाभियों, और भाइयों ने उन्हें इस राज्य को संभालने का आग्रह किया।

सभी उन्हें भिन्न-भिन्न प्रकार से लुभाने का प्रयत्न करने लगे।

परंतु भरत इन बातों से विरक्त होकर जिन मंदिर में ध्यान करने लगे। उसी समय रावण का पटहाथी त्रिलोक्य मंडन सभी जंजीरें तोड़कर नगर से बाहर जिन मंदिर के पास आया, जहां भरत ध्यान मग्न थे। हाथी का रौद्र रूप देखकर कोई भी उसको पकड़ने का साहस नहीं कर पा रहा था। आवाज सुनकर भरत बाहर आये। भरत को देखते ही त्रिलोक मंडन हाथी शांत हो गया। उसी समय वहां देशभूषण और कुलभूषण मुनि अपने संघ सहित पधारे। उन्होंने त्रिलोक्य-मंडन हाथी और भरत के पूर्ण भाव सुनाएं। यह दोनों पूर्व भाव में बहुत अच्छे मित्र थे। अन्य अनेक पूर्व भवों के बारे में सुनकर भरत मुनि बनकर निर्वाण पद को प्राप्त हुए।

हाथी ने श्रवण करते हुए निराहार रहकर मरण किया और स्वर्ग गया। कैकयी ने भी आर्थिका दीक्षा ग्रहण की।

अयोध्या के राज्यभिषेक के लिए मंत्रियों ने राम से प्रार्थना की। परन्तु उन्होंने लक्ष्मण के गुणों का वर्णन करते हुए लक्ष्मण का राज्यभिषेक करने का सुझाव दिया। जिसको लक्ष्मण ने

अस्वीकार कर दिया। दोनों भाइयों का एक दूसरे के प्रति प्रेम देखते हुए मंत्रियों ने दोनों ही भाइयों का राज्यभिषेक किया।

राम लक्ष्मण ने सभी विद्याधरों को अपनी रुचि और योग्यता अनुसार उनको राज्य दिये।

राम लक्ष्मण ने शत्रुघ्न से कहा कि पूरी पृथ्वी पर तुम्हें जो राज्य पसंद हो, वह तुम ले लो। शत्रुघ्न ने मथुरा का राज्य मांगा। राम ने बताया कि मथुरा पर राजा मधु का राज्य है। वह त्रिशूल रत्न धारी अतिवीर हैं। उसको और उसके बेटे लवणपार्व को जीतना संभव नहीं है। अतः तुम अन्य कोई राज्य ले लो। परंतु सतुदंत राज्य का हक नहीं छोड़ा। मेन केन प्रकार मथुरा को जीत लिया। इधर राजा मधु के मित्र चमरेंद्र देव ने जब राजा मधु की हार के बारे में सुना तो उस ने क्रोधित होकर मथुरा में भारी रोग फैलाया। चारों तरफ लाशें ही लाशें थी। इसी समय सप्तचरण ऋषियों ने मथुरा में चातुर्मास किया। उनकी तपस्या और वैराग्य से मथुरा से महामारी दूर हुई।

राजा श्रेणिक ने गौतम गणधर से पूछा- हे भगवान! किस कारण से शत्रुघ्न ने अनेक सुंदर और समृद्ध राज्यों को छोड़कर मथुरा राज लेने का हर्ट किया। तब गणधर देव ने बताया- शत्रुघ्न अनेक भागों में मथुरा राज्य में ही जन्मा! अतः उसका स्नेह मथुरा से अधिक है। इसीलिए उसको मथुरा अयोध्या से भी ज्यादा प्रिय है।

गौतम स्वामी राजा श्रेणिक को सुनाते हैं- हे राजन! राम और लक्ष्मण संपूर्ण ऐश्वर्या सहित राज्य का भोग करते हुए धर्म, अर्थ और काम तीनों पुरुषार्थ का आनंद ले रहे थे। लक्ष्मण की सोलह हजार रानियां जिनमें आठ पटरानी और श्रीराम की आठ हजार रानी जिनमें चार पटरानी थीं। लक्ष्मण के ढाई सौ पुत्र हुए।

राज श्रेणिक ने राम लक्ष्मण के वैभव और परिवार का वर्णन सुनने के बाद लव एवं कुश का जन्म वृतांत सुनाने की इच्छा प्रकट की।

गौतम गणधर बताने लगे कि जब सीता को गर्भ हो रहा, उस समय सीता को स्वप्न आया। उसने देखा कि कैलाश पर्वत समान दो अष्टापद ने उसके मुख में प्रवेश किया और पुष्पक विमान में बैठे हुए पवन के प्रबल झोंके के कारण वे जमीन पर आ गिरी।

तब श्री राम ने बताया कि इसका अर्थ है तुम्हें दो वीर पुत्र एक साथ होंगे। पृथ्वी पर गिरने का भी कुछ अनिष्ट फल है। परंतु उसे दान और धर्म से शांत करेंगे। कुछ समय पश्चात सीता गर्भ के भार से कमजोर हुई। सीता के मन में जिन चैत्याल्यों के दर्शन करने की तीव्र इच्छा जागृत

हुई। राम सीता की दर्शन की इच्छा पूर्ण करने के लिए सदल-बल तैयार हो गए। कैलाश गिरी, सम्मेद शिखर, चम्पापुर, गिरनार, पावापुर , शत्रुंजय, मंगीतुंगी, गजपंथा बावन गजी आदि निर्वाण क्षेत्रों में पूजा का विशेष आयोजन करवाया।

सीता- श्री राम के दर्शन के लिए प्रजा की भीड़ उमड़ पड़ी। लोग तरह तरह की बातें कर रहे थे। एक गाँव के मुखिया विजयसुराजी ने डरते-डरते श्री राम को प्रजा में फैले व्यभिचार के बारे में बताया। विजयसुराजी ने कहा कि कुछ कुटिल लोग निर्बल लोगों की सुन्दर स्त्रियों का हरण कर ले जाते हैं। कोई शीलवान स्त्री दूसरे के घर में पति वियोग में दु:खी रहती है तो कोई सहायता देकर अपने घर ले आते हैं। वे कहते हैं – श्री राम जैसा व्यक्ति रावण द्वारा हरी गई पत्नी को अपने पास वापस रख सकता है तो हम क्यों नहीं । सब जगह धर्म की हानि हो रही है। " यथा राजा तथा प्रजा " यह रिवाज है। यह सब सुनकर राम व्यथित हुए। सीता को निर्दोष जानते हुए भी अपने कुल को कलंक से बचाने के लिए उन्होंने सीता का परित्याग करने की ठान ली।

लक्ष्मण आदि ने हर तरह से समझाने का प्रयत्न किया परन्तु राम अपने निर्णय पर अडिग रहें।

अपने सेनापति क्रितान्तवक्र को कहा कि जिन मंदिरों का दर्शन करवाते हुए सीता को किसी निर्जन वन में छोड़ आओ।

दु:खी इच्छा से सेनापति ने राम की आज्ञा का पालन किया। जंगल में छोड़ते हुए सेनापति ने रोते हुए सब वृतान्त सीता को बताया। कुछ समय के लिए सीता पत्थरव्रत हो गई। आश्रुपात करते हुए अपने पूर्वजन्म में किये कर्मों पर शोक करती रही।

इधर वन में हाथी को पकड़ने आए राजा वज्रजंग और उसके सेवकों ने सीता का रूदन सुना। राजा वज्रजंग सीता के पास आए। राजा जिन धर्म के उपासक व सम्यगदर्शी थे। उन्होंने सीता से सारा वृतान्त सुना। सुनकर बहुत दुखी हुए। उन्होंने सीता को धर्म के विधान से अपनी बड़ी बहन माना और अपने साथ पुंडरीकपुर चलने का आग्रह किया। राजा ने अनेक प्रकार से सीता को शांति और संतोष दिया। सीता को भी उनमें अपने भाई भामंडल की झलक दिखाई दी। सीता वज्रजंग के साथ पुंडरीक पुर गई। अपना पूरा गर्भ का समय दान धर्म में व्यतीत किया।

27- भगवान महावीर की दृष्टि में भगवान राम

इधर सेनापति कृतांतवरक्र ने अयोध्या वापस आकर अश्रुपूरित नेत्रों से सीता का संदेश श्री राम को दिया। सीता ने कहा कि लोगों के कहने से जैसे आपने मुझे छोड़ दिया वैसे किसी के कहने से धर्म का त्याग मत करना। धन, परिवार आदि का विछोह हो तो कुछ समय का दुख देता है परंतु धर्म का त्याग भवों-भवों तक संताप देगा। सीता के इस संदेश से राम बहुत व्याकुल हुए। पुंडरीकपुर में सीता ने एक सुंदर ह्रिस्ट-पुष्ट युगल को जन्म दिया। राजा वज्रजंघ ने दोनों राजकुमारों के जन्म का महान उत्सव किया। समय के साथ लव-कुश बड़े होने लगे। वे सभी तरह की विद्याओं में निपुण हुए। दोनों राजकुमारों के युवा होने पर राजा वज्रजंघ ने अपनी पुत्री शशि चूला सहित बत्तीस राजकुमारियों का विवाह लव से किया। अंकुश के विवाह के लिए उन्होंने पड़ोसी राजा पृथु के पास संदेश भेजा। परंतु राजा पृथु ने अपनी पुत्री कनक माला का विवाह कुश से करने के लिए मना कर दिया। उसने कहा जिसके कुल, देश, समानता, धन आदि का नहीं पता, जो स्वयं दूसरे राजा पर निर्भर है ऐसे व्यक्ति से मैं अपनी पुत्री का विवाह नहीं कर सकता। राजा वज्रजंघ यह उत्तर सुनकर राजा पृथु के साथ युद्ध करने निकल पड़े। लवण और कुश भी साथ गए। दोनों ने मिलकर अनेक राजाओं को युद्ध में परास्त किया। राजा पृथु भी उनकी वीरता देखकर मुग्ध हुए। अपनी पुत्री कनक माला का विवाह कुश से किया। दोनों भाई कुछ दिन वहां रहे और फिर वहां से दिग्विजय के लिए निकल पड़े। अनेक देशों को जीता। सुहत्र देश, बंग देश, सिंहल, कश्मीर, कुशीनगर, कलिंग, गांधार आदि अनेक देशों को वश में कर वापस पुंडरीकपुर आए।

नारद ऋषि सीता को ढूंढते हुए पुंडरीक नगर आये। लव कुश ने ऋषि को देखकर प्रणाम किया। आशीर्वाद के लिए नारद जी ने कहा- तुम दोनों की कीर्ति राम-लक्ष्मण के समान हो! तब दोनों भाइयों ने पूछा ये राम लक्ष्मण कौन हैं? नारद जी ने जन्म से लेकर सीता को वन में छोड़ने तक की सभी घटना दोनों भाइयों को सुनाई। दोनों भाई राम-लक्ष्मण की वीरता और दयालुता से प्रभावित हुए परंतु वे लोगों के अपवाद के कारण गर्भावस्था में पत्नी को वन में छोड़ने की बात से बहुत व्यथित हुए।

लव-कुश ने कहा कि हम दोनों राम और लक्ष्मण से युद्ध करके उनका मान भंग करेंगे। दोनों ने अपने मामा वज्रजंघ से बात कर सभी अधीनस्थ राजाओं को युद्ध के लिए बुलाया। सीता को जब पता चला तो उसने दोनों पुत्र को सारा वृतान्त बताया और कहा कि युद्ध की अपेक्षा

तुम दोनों को अपने पिता और चाचा को प्रणाम करना चाहिए। लेकिन दोनों ने अपने युद्ध के इरादे को नहीं बदला।

युद्ध के लिए अयोध्या पहुंच गए। दोनों सेनाओं में युद्ध हुआ। भामंडल को लव कुश के बारे में पता लगा तो वह तुरंत पुंडरीकपुर जाकर सीता को उसकी पुत्रवधुओं सहित युद्ध के मैदान में ले आया। युद्ध क्षेत्र में पिता और चाचा के सम्मुख अपने पुत्र को देखा। राम और लक्ष्मण के दिव्य शस्त्र लव-कुश के सामने आते ही निरर्थक होने लगे। लव-कुश तो जानते थे कि यह दोनों हमारे पिता और चाचा हैं। अतः ध्यान से शास्त्रों का इस्तेमाल कर रहे थे। परंतु राम और लक्ष्मण इस शब्द से अनभिज्ञ थे। तभी लव और कुश को शिक्षा देने वाले क्षुल्लक सिद्धार्थ राम-लक्ष्मण के सामने आए। उन्होंने लव-कुश के बारे में दोनों भाइयों को बताया। तत्काल युद्ध के स्थान पर खुशी के नगाड़े बजने लगे। राम ने अपने बेटों के सामने अपना अपराध स्वीकार किया। वह सब अयोध्या गए और सीता वापस पुंडरीकपुर लौट गई।

अयोध्या पहुंचने पर हनुमान जी, लक्ष्मण, विभीषण आदि की अनुनय विनय से राम ने सीता को अयोध्या में आने का सशर्त अनुमोदन किया। उन्होंने कहा कि लोगों की शंका दूर करने के लिए सीता को अपने शील के लिए अग्नि परीक्षा देनी होगी। सीता उस परीक्षा में खरी उतरी। अग्नि कुंड देवकृपा से शीतल जल का कुंड बन गया। अब सीता ने राम के साथ न जाकर पृथ्वीमती आर्यिका के पास जाकर जिन दीक्षा ली।

सीता के साध्वी बन जाने से राम व्यथा के अथाह सागर में डूब गए। किसी के भी समझाने का उन पर असर नहीं हुआ। संयोगवश उसी समय सकल भूषण मुनि को अयोध्या में ही केवल ज्ञान हुआ। सभी लोग उनकी दिव्य वाणी को सुनने जा रहे थे। राम भी उनकी गंधकुटी की तरफ गए। वहां जाते ही राम को कुछ शांति का अनुभव हुआ।

केवली भगवान ने लोक, अलोक, जीव, अजीव, कर्म, धर्म, जन्म, मरण आदि अनेक विषयों पर दिव्या ध्वनि की। उन्होंने राम को बताया कि आप बलदेव हैं कुछ दिन वासुदेव भाई लक्ष्मण के साथ पृथ्वी का राज्य करो। तुम निश्चय ही केवल ज्ञान प्राप्त करके मोक्ष जाओगे। यह सुनकर श्री राम शांति को प्राप्त हुए। वहां उपस्थित विभीषण को राम, लक्ष्मण, रावण, सीता, सुग्रीव, भामंडल, बाली और स्वयं के पूर्व भव जानने की उत्सुकता हुई। उन्होंने जानना चाहा कि रावण जैसे पंडित और जिन धर्म में तत्पर व्यक्ति को सीता से मोह और उसका करण मरण

लक्ष्मण के हाथों क्यों हुआ। सकल भूषण मुनि ने एक—एक कर सबकी पूर्व भव बताए। उन्होंने विभीषण को बताया कि इस भव में तुम सब कोई किसी का भाई, किसी का मित्र, कोई पत्नी आदि हो, वे सब पिछले अनेक भवों में किसी न किसी रूप में साथ रहे हैं। सीता का जीव वेदवती और रावण का जीव शंभू। इस भव में शंभू ने जबरन वेदवती का बलात्कार किया और उसके पिता की हत्या की। सो वेदवती सीता के रूप में शंभू के जीव रावण के मरण का कारण बनी। लव—कुश का गुरू सिद्धार्थ क्षुल्लक किसी भव में उसकी माँ थी।

इस प्रकार गौतम स्वामी ने राजा श्रेणिक से कहा- हे राजन। यह संसार असार है, इस जीव के अन्य जीव किसी ना किसी भव में किसी न किसी रूप में संबंध में रहे हैं, संसार के सभी संबंध झूठे हैं। एक धर्म का संबंध ही सत्य है।

सीता ने आर्यिका बनने के बाद बासठ वर्ष उग्र तप किया। तैंतीस दिन का संथारा अथवा अनशन व्रत धारण कर, समाधिपूर्ण मरण कर स्वर्ग में प्रतीन्द्र हुई।

लक्ष्मण की आठों पटरानियों के आठ पुत्र अन्य रानियों से कुल अढ़ाई सौ पुत्र हुए। आठों बड़े पुत्रों ने संसार को मिथ्या जान जिन दीक्षा ग्रहण की।

सीता का भाई भामंडल अनेक बार दीक्षा लेने का मन बनाता लेकिन बार-बार संसार के मोह में फंस जाता। एक दिन वह महल की छत पर सोया था। रात में आकाश से बिजली गिरने के कारण मरण को प्राप्त हुआ।

अंजना और पवनंजय के पुत्र हनुमान अपनी अनेक रानियों के साथ जिन चैत्यात्लयों के दर्शन कर वापस आ रहे थे। रास्ते में रात्रि में सुर दुंदुभि नामक पर्वत पर रुके। सबके साथ बैठे हुए जिन चर्चा में लीन थे। उसी समय आकाश से एक ज्योतिमान तारे को टूटते देखा। देवों की भंगुरता जानकर वैराग्य को प्राप्त हुए। मांगी तुंगी क्षेत्र से तुंगी गिरी के शिखर से सिद्ध पद प्राप्त किया।

इंद्र की सभा में मनुष्य जीवन की दुर्लभता पर चर्चा चल रही थी। इसी चर्चा के दौरान सब देव ने कहा कि जब श्रीराम यहां इंद्र थे तब वे मनुष्य जन्म के लिए लालायित थे। तब वे कहते थे कि मनुष्य बनकर मैं अर्हतदेव की शरण में जाऊंगा और अपना उद्धार करूंगा। लेकिन अब वे लक्ष्मण के राग में फंसकर वैराग्य का नाम ही नहीं लेते। अपने जीव से भी अधिक लक्ष्मण को जानते हैं। अपने पूर्व भव जानने के बाद भी अपना आत्महित नहीं करते।

30- भगवान महावीर की दृष्टि में भगवान राम

गौतम स्वामी कहते हैं- हे राजन। जीवों के राग के बंधन से बड़ा कोई बंधन नहीं है। इंद्र की सभा में दो दुराचारी देव थे। राम—लक्ष्मण के प्रेम की बात सुनकर वे दोनों उनकी परीक्षा लेने के लिए अयोध्या चले गए। उन्होंने सोचा कि राम-लक्ष्मण को देखे बिना नहीं रह सकते तो अगर राम का मरण लक्ष्मण सुनेंगे तो उन पर क्या प्रतिक्रिया होगी। यह सब देखने के लिए अपने माया जाल से उन्होंने महल में ऐसा माहौल बना दिया कि सारी रानियां राम के लिए रुदन करने लगीं। मंत्री, पुरोहित आदि दुःखी होकर लक्ष्मण के पास आए और राम के मरण का समाचार दिया। लक्ष्मण के मुंह से ह्हाय' शब्द पूरा भी नहीं निकला कि वे जमीन पर कटे वृक्ष की तरह धड़ाम से गिरे और उनके प्राण—पखेरू उड़ गए। देव पश्चाताप करते हुए अपने स्थान चले गए। राम उनके मृत शरीर को देख कर भी उसे मृत मानने को तैयार नहीं थे वे बेसुध से हो गए। लव-कुश चाचा का अचानक मरण देखकर संसार से विरक्त हुए। मुनि के पास जाकर जिन दीक्षा लेकर मरण-जन्म के चक्कर से छुटकारा पाने के लिए तप करने लगे। राम को उनके वन जाने का भी होश नहीं था।

विभीषण आदि अनेक राजाओं ने राम को समझाने का प्रयत्न किया परंतु राम को लक्ष्मण के सिवा कुछ समझ में नहीं आता। छः माह तक लक्ष्मण की लाश को कंधे पर रखकर घूमते रहे। लक्ष्मण को छोटा बालक जानकर उसकी देख भाल करते रहे। राम की यह दशा देखकर दक्षिण के शत्रु अयोध्या पर युद्ध की तैयारी करने लगे। इधर जटायु और सेनापति कृतांतवक्र के जीव जो स्वर्ग में देव बन चुके थे, उन्होंने अपने अवधि ज्ञान से शत्रुओं की स्थिति और राम की हालत को जाना।

जटायु ने देव माया से सभी शत्रुओं को वापस भगाया। दोनों देवों ने मिलकर राम के प्रति बोध को जगाने का प्रयत्न किया। वे दोनों राम के सामने बालू से तेल निकालने लगे, मरे हुए बैलों से हल जोतने लगे, एक मरे हुए कलेवर को कंधे पर लेकर चलने लगे। राम यह सब देखकर प्रतिबोधित हुए। सरयू नदी के किनारे लक्ष्मण का अंतिम संस्कार किया।

तत्पश्चात श्री राम ने विभीषण, शत्रुघ्न आदि सोलह हजार राजाओं सहित मुनी सुब्रत स्वामी के ही वंश में जन्मे श्री सुब्रत मुनिराज के चरणों में जिन दीक्षा ली। सत्ताईस हजार रानियों ने आर्यिका दीक्षा ली। श्री राम ने गुरु आज्ञा से अकेले की विहार किया। अवधी ज्ञान प्राप्त हुआ। उसमें उन्होंने अपने व लक्ष्मण के अनेक भव जाने। उन्होंने जाना कि लक्ष्मण का मरण ऐसे ही होना था और इसी तरह उनको वैराग्य होना था। देवों का कोई दोष नहीं था।

31- भगवान महावीर की दृष्टि में भगवान राम

गौतम स्वामी ने श्री राम की आयु वर्णन की- कुमार काल 100 वर्ष, मंडलीक पद 300 वर्ष, दिग्विजय 40 वर्ष और 11560 वर्ष तीन खंड का राज्य कर मुनि बने। इधर सीता का जीव स्वर्ग में प्रतीन्द्र हुआ। उसने अपने ज्ञान द्वारा राम-लक्ष्मण और अपना संबंध जाना। राम वन में तपस्या में लीन थे। सीता के जीव प्रतीन्द्र ने अपने मोह वश उनका तप भांग करने का प्रयत्न किया, जिससे राम भी उसी स्वर्ग में आकर उसके साथ रहे।

परंतु राम अपनी तपस्या में अडिग रहे। उन्हें माघ शुक्ला द्वादशी की रात में केवल ज्ञान हुआ। सीता के जीव प्रतीन्द्र ने राम से क्षमा मांगी। इसके पश्चात प्रतीन्द्र ने नरक में जाकर, रावण, खरदूषण के पुत्र शंबू और लक्ष्मण को प्रतिबोध करवाया। श्री राम केवल के पास आकर जाना कि लक्ष्मण, रावण और स्वयं सीता के जीव कुछ ही भव बाद सिद्धपद को प्राप्त करेंगे। रावण जिस भव में तीर्थंकर होंगे उस भाव में सीता का जीव रावण का प्रथम गणधर होगा। श्री रामचंद्र केवली भगवान सत्रह हजार वर्ष की आयु पूरी कर जन्म—जन्म के पापों से रहित होकर तुंगी गिरी पर्वत से सिद्ध पद को गए। राम, हनुमान, सुग्रीव, नील, नल, विभीषण आदि 99 करोड़ मुनिराज मांगीतुंगी क्षेत्र के तुंगी गिरी पर्वत से मोक्ष गए।

यह पद्म पुराण श्री भगवान महावीर स्वामी की मुक्ति के बारह सौ साढ़े तीन साल बाद श्री रविषेणाचार्य द्वारा अठारह हजार श्लोकों में वर्णित हुई। इससे पहले श्रुत केवलियों ने इसे जीवित रखा। श्री दौलत राम जी कृत ढुंढरी भाषा से हिंदी भाषा को अनुवाद आर्यिका का चन्द्र दक्षमति माताजी द्वारा हुआ। यह हिंदी भाषी पुराण 754 पृष्ठों में समाहित है।

आज की पीढ़ी के पास इतना बड़ा ग्रंथ पढ़ने का समय नहीं है। सो (स्वामी चंद्रमौली) मैंने इसे कुछ ही पन्नों में समेटने का प्रयास किया है। आशा है यह आपको पसंद आएगा।